KB207664

작은 생명이 다녀간 자리에

시선이 머무는 그대에게

일러두기

*이 책은 노안남초등학교 10명의 어린이 작가들이 쓴 시로 제작하였습니다.

*작품의 의미전달을 훼손하지 않는 범위 내에서 맞춤법과 띄어쓰기를 교정하였습니다.

마음 텀블러

노안남초등학교 6학년 어린이 시

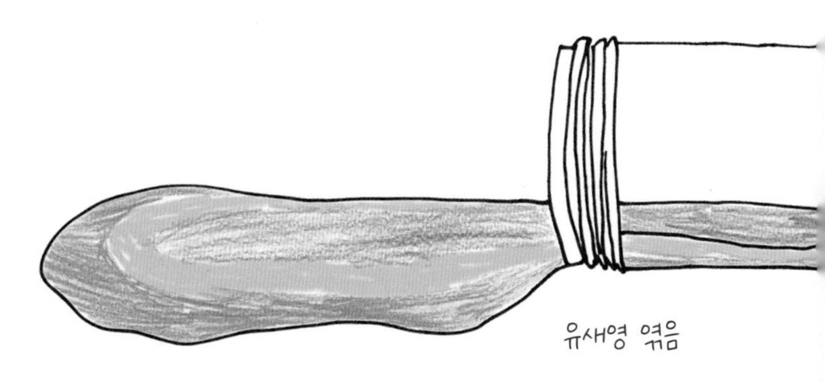

유새영 엮음

창비

"행운이 찾아오지 않더라도"

세상을 살다보면 뭔가 대단한 무엇씨(Something)를 만나게 되기도 하고 무엇을 잃어버리거나 이루지 못하는 아무씨(Nothing)를 마주칠 때도 있다.

사람은 단순한 존재라서 무엇씨를 만날 때면 자신이 대단한 사람인 것처럼 느껴지다가도 아무씨를 마주치면 자신을 아무 쓸데없는 사람처럼 여길 때가 많다.

특별한 행운으로 10명의 어린이들과 2년 동안 꾸준히 시를 쓰고 모았다. 이 책에 담긴 시들을 들여다보면 삶에서 만나는 모든 것들에 반짝이는 의미들이 있다는 것을 알게 된다.

어린이들에게 주변을 돌아볼 줄 아는 사람이 되라고 했지만 어린이들은 이미 '엉덩이만 마주봐야 하는 의자'와 '종이를 힘들게 붙들고 있어야 하는 압정'을 발견하고 '이불은 누가 따뜻하게 해주지?' 라는 질문을 건네고 있었다. 어린이들이 쓴 시를 하나씩 엮으면서 나는 또다시 작지만 큰 의미를 가진 진실들을 만날 수 있었다.

이 시집을 만드는 동안 대단한 무엇씨(Something)를 만나 우쭐하기도 했고 개인적으로 큰 상실을 가져온 아무씨(Nothing)를 만나 깊은 슬픔에 빠져 지낸 시간들도 많았다.

이런 시간들 앞에 어린이들은 '초록옷 입고 팔다리에 초록양말을 신으면 인간 네잎클로버가 된다'고 말한다. 행운이 찾아오지 않더라도 스스로 행운이 될 수 있다는 것을 이들은 말하고 있다.

어린이들이 시를 써올 때마다 매서운 편집자의 눈으로 "한 방이 없어서 이 시는 시집에 넣을 수 없어!"라고 말하곤 했다. 돌아보면 내가 무슨 자격으로 그렇게 말했나 싶다. 이제는 이렇게 말해주고 싶다.

"멋진 시를 써왔구나! 너의 시를 만날 수 있어서 행운이야!"

어린이들은 2024년에도 진짜 모두 시인이었다.

유새영

독립출판 출판인, 어린이 작가들의 열혈지지자
인스타그램 @superbookbag, @yussambooks
이메일 freecliff@naver.com

1부 이불은 누가 따뜻하게 해주지?

2부 하느님도 공부 좋아하시나요?

3부 골 보고 뭐하냐?

4부 나무야 힘내!

5부 유튜브, 그는 신이다

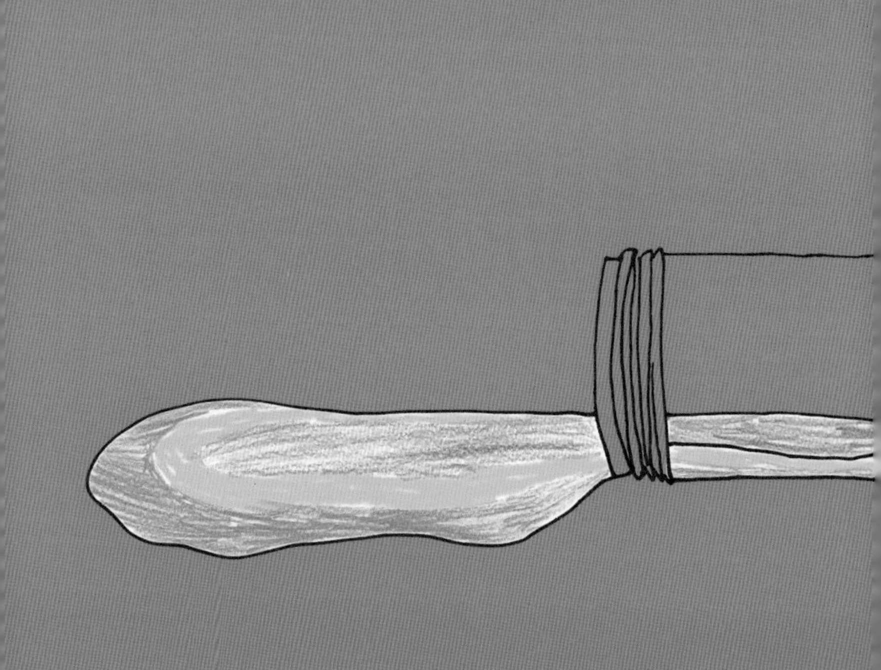

1부

이불은
누가 따뜻하게 해주지?

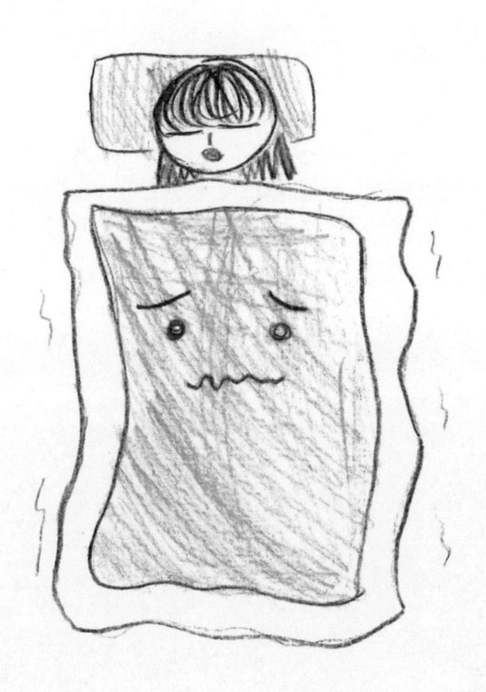

이불

손우리

이불은 사람을
따뜻하게 해 준다

그런데

이불은 누가
따뜻하게 해 주지?

불행
똥 냄새
엉덩이 너무 싫어
의자
의자
옆친구는 강당가서 좋아하네!
맨날 엉덩이만 봐야 하니?

의자

김성훈

의자야
너는 힘들겠다.

맨날
우리의 엉덩이만 봐야하고
넌 아주 불행하구나

의자는
책상과 친구라던데

솔직히 친구는 아닌 것 같다.
의자가 더 형인 것 같다.

책상은 힘들지 않을 것 같다.

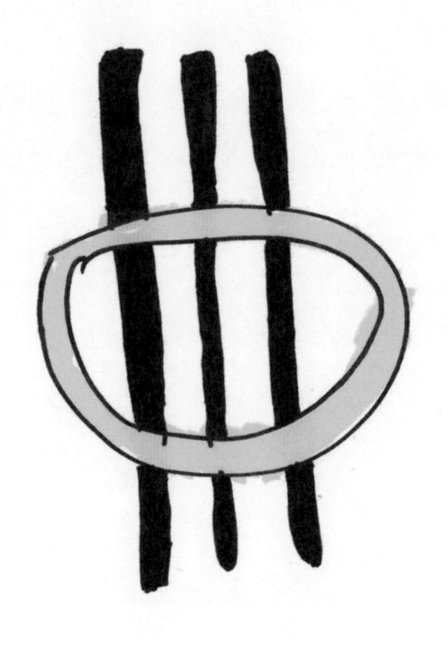

나도 고무줄처럼
가족을 꽉 안고 싶다...

고무줄

비풀리스 이안 알렉산더

고무줄은 묶을 때 쓴다

사람들은 고무줄을
평범하게 생각하지만
나는 멋있다고 생각한다

고무줄이 물건들을 붙잡았을 때
나는 생각한다

가족을 꽉 안아주는 거라고

나도 고무줄처럼
가족들을 꽉 안아주는
그런 사람이 되고 싶다.

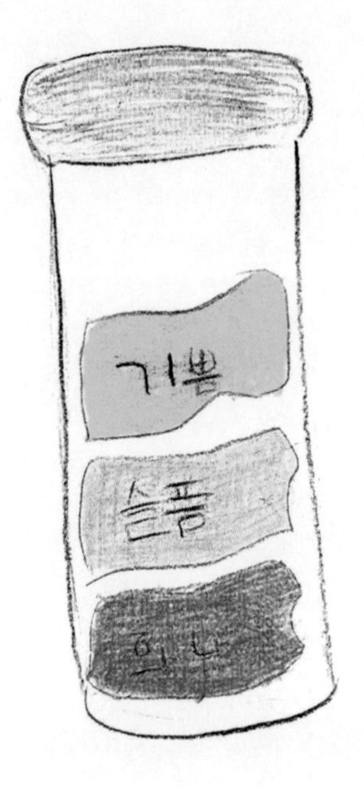

마음 텀블러

손우리

내 텀블러에는
여러 가지가 들어있다.

맛있는 것을 먹을 때 느낀
기쁨도 있고

공부를 할 때 느낀
화나는 마음도 있고

일이 잘 안될 때 느낀
슬픔도 있다

이것들이 다 모이면

내 마음 텀블러가
가득 채워진다

3..4..5..

패딩

김연우

패딩이 더운 여름동안
장롱에 갇혀있다.
콜록콜록!
패딩이 숨을 못쉰다

그리고
3일, 4일, 5일
드디어…!
장롱 문 끝에서 빛이 보인다.

끼이익.

드디어!
는 아니고
두꺼운 옷만 탈출했다.

가을이었다.

10000

지갑

지갑의 다이어트

손우리

지갑은 주인 덕에
항상 다이어트 성공

지갑은 항상 살찌기가
힘들다.

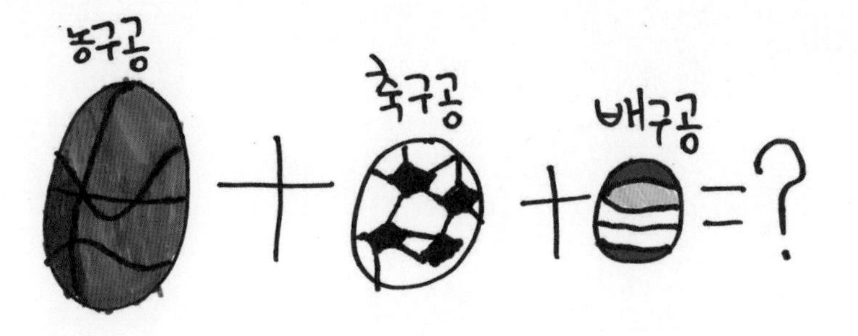
농구공
축구공
배구공
=?

공

비풀리스 이안 알렉산더

데굴 데굴,
굴러가는 공

툭툭 튀는 농구공,
발로 뻥! 차는 축구공
손으로 통! 치는 배구공

이 공들을 합치면 어떻게 될까?
합쳐지긴 할까?

그런 호기심들이 합쳐져
공이 되어 머릿속으로
들어간다

5분만... 더

7:00
끄기

핸드폰

비풀리스 이안 알렉산더

핸드폰은 일한다
하루종일 일한다

유튜브를 보면
핸드폰은 영상을 보여준다

게임을 하면
질 때마다 핸드폰은 맞는다

알람이 울릴 때
핸드폰은 엄마대신 깨운다

핸드폰은 힘들겠다

종이
압정

= 편하다

= 불편

나 = 종이

종이와 압정

유휘선

압정은
불행하다

종이를
벽에 잡아주는
인생을 사니까.

종이는
압정들 덕분에 편하게 산다

난
종이처럼 편하게 살고 싶다.

프라이팬

유휘선

야채들이 기름옷 입고
프라이팬 위에서
춤춘다.

노래도 부른다
지글지글
자글자글
소리도 많다.

눈치보던 고기는
살금살금 들어가서
하이라이트

지글자글
자글지글
실력을 뽐낸다.

충전 맛집
5급 전기

충전기

유휘선

띠링
손님이 왔다
여기 전기 주세요

충전기식당
핸드폰들이 드나드는
맛집

우리집 거실
충전기 식당

아빠 핸드폰
엄마 핸드폰
나와 동생 태블릿

벌써 단골이 되었다.

연필과 지우개

김수현

모두의 머릿속에는
연필과 지우개가 있다

연필은 끄적끄적
머릿속에 지도를
그려넣고

지우개는
꽉찬 공간을 치워준다

그러면 점점
새로운 기억과 생각으로
가득찬다

동굴
치약

양치

손우리

치약 헬멧 쓰고
커다란 동굴탐험
탐험이 끝나면
깨끗이 목욕

옷장

손우리

"어, 안입는 옷이
너무 많네
좀 버리고 새로 사야겠다."

드디어 주인이
밥을 바꿔준다

옆집은 명품
먹는다던데

왜 나는 항상
브랜드도 없는 밥을…

"아 그냥 올해는 입어야지."
올해도 먹던 거 먹어야지

싸인펜

손우리

야 주황아
나는

헌혈하러 간다.

- 아휴 오늘도야?
응 유독 나만 하네…

슥슥슥
아 그림 다 그렸다.

하느님도 공부 좋아하시나요?

하느님, 하느님도 공부하나요!

공부

김연우

공부는 누가 만들었을까?
교과서, 숙제
다 부수고 싶다

공부가 하늘 위로
올라갔으면
좋겠다.

하느님,
하느님도 공부 좋아하시나요?

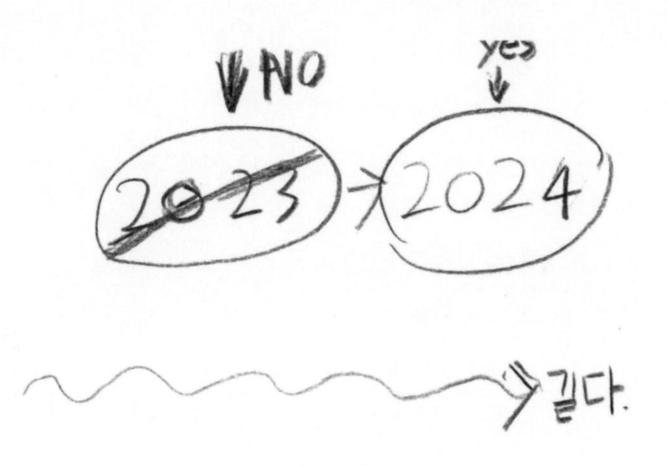
NO
yes
2023
2024
길다.

중학생설훈
유샘!
엄청 컸다,
노안남초

2023년

김성훈

2023년 길고 길다…

2023년 제발 가라

2024년엔 우리가 6학년이다.

빨리 중학생 돼서

유쌤한테 놀러 와야 해!!

*졸업한 형 누나들이 학교에 찾아온 모습을 보고 쓴 시

어쩌구,
저쩌구
외국인

?
불편
답답

외국어

주민준

외국어는 배우기 어렵다

학원을 다녀도
학교를 다녀도
뜻을 모르겠다.

번역기를 써도
정확한지 몰라서
복사를 해 번역기에다가
한 번 더 친다.

나도
외국어를 잘하면
물 마시는 것처럼
시원할 것 같다.

ABC yes DEF

NO you GHI

hi what?

to go

괜찮아

미안해

안녕

사랑해

고마워

마음

영어 싫어

친구야

한국말 좋아

즐거워

한가고 싶다

아름다운

재밌다.

인도

박수찬

안 가고 싶어도

가야된데

슬퍼도

웃어야 한데

친구들과 한국말 쓰고 싶은데

영어 쓰기 싫은데

*이 시를 쓴 박수찬 학생은 5학년을 마치고 인도 첸나이로 전학을 갔습니다. 그리고 6학년 12월, 인도 학교의 방학동안 귀국해서 2주일 동안 친구들과 함께 학교에 다녔습니다.

+는 막대 두개 뭉치기!

−는 친구와 친구사이
거리두기!

×는 어려워서 하기 싫어서
×!

÷는 삼등분으로 나눠서
÷!

수학

김연우

더하기는

다 뭉쳐버려서 +

빼기는

거리둬서

빼버리는 -

곱하기는

어려워서 X

나누기는

둘 사이를 나눠서 ÷

음표파도

김수현

악보에는
여러 가지 음표들이

물결처럼 일렁이며
새로운 곡이 만들어지고

파도가 되어
이곳저곳을 다니며
전 세계의 노래를 알린다.

음표파도야

내가 곡을 만들면
그 곡도 멀리멀리
보내줘

꽃나무

노수현

나무 같은 우리 반

장난기가 많은 성훈이는
꾸러기 꽃

책을 많이 읽는 수현이는
다독 꽃

춤을 좋아하는 연우는
아이돌 꽃

노래를 좋아하는 나는
가수 꽃

아이들과 친한 이안이는
멋쟁이 꽃

그림을 잘 그리며 좋아하는 우리는
화가 꽃

키가 크고 힘이 센 휘선이는
힘 꽃

게임을 좋아하고 잘하는 민준이는
프로게이머 꽃

달리기를 잘하는 승민이는
날쌘돌이 꽃

우리를 키워주시고 사랑해주시는
유새영 선생님은 사랑나무

근대 이야기
옛날 이야기
유쌤의 창고
9개의 열쇠!
x9

유쌤의 창고

김연우

유쌤이 기쁘면
창고에서 옛날 이야기를 쓰윽…

유쌤이 슬프면
창고가 조용…

유쌤이 화나면
창고가 불타오른다.

창고문을 열고 닫게 하는
9개의 열쇠

찰랑찰랑
오늘도 소리가 크다

비빔밥

손우리

우리반은 비빔밥 같다

비빔밥에는
여러 가지 재료가 있다

우리반도 다 다른
재능을 가진 친구들이 있다

개그맨처럼
웃긴 친구도 있고

확성기처럼

목소리가 큰 친구도 있고

개미처럼 조용하지만

자기 할 일을 하는 친구도 있다

이 친구들이

전부 다 모여야

완벽한 6학년 1반이 된다

무지개

최승민

빨간색은 빨리 뛰는 나

주황색은 말 안 듣는 주민준

노란색은 자주 삐지는 노수현

초록색은 마음 넓은 김수현

파란색은 파도처럼 강한 김성훈

보라색은 보석같은 우리의 추억

100

11명의 아이들

김성훈

1명의 아이는 날쌔고
또 1명의 아이는 소심하고
또 1명의 아이는 귀엽고
또 1명의 아이는 깜찍하고
또또 1명의 아이는 사랑스럽고
또 1명의 아이는 정리를 잘하고
또또또 1명의 아이는 착하고
또또 1명의 아이는 똑똑하고
또 1명의 아이는 장난스럽고
또또또또 1명의 아이는 든든하고
또 한 아이는 모든 게 다 아름다웠고

사람마다
성격이 다른 걸
이 시를 읽고
알아줬으면 좋겠다.

나에게 학교란?

6학년 어린이들

제 2의 가족이다.

왜냐하면 가족 같기 때문이다.

부모님이다.

모르는 것을 알려주고

밥도 주고 잘 키워주기 때문이다.

백과사전이다.

유용한 지식을 배울 수 있기 때문이다.

즐거움이다.

학교에서 즐거운 시간을 보낼 수 있기 때문이다.

계단이다.

한 단계 올라갈 수 있게 도와주기 때문이다.

이야기터이다.
학교에서 친구들과 이야기하며
노는 것을 배웠기 때문이다.

천국이다.
매일매일 사이좋은 친구를 만날 수 있고
재미있는 공부를 할 수 있기 때문이다.

가족이다.
어릴 때부터 같이 지내왔기 때문이다.

햇살이다.
따뜻한 보호자님들과 선생님들,
적은 수이지만 함께하는 친구들이
있는 곳이기 때문이다.

3부

끝 보고 뭐하냐?

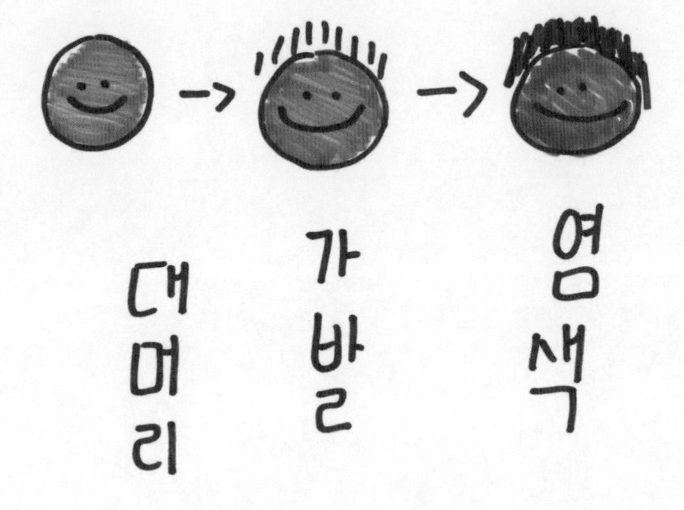
대머리
가발
염색

타코야끼 미용실

김연우

으악! 대머리 타코야끼다.

멋있지가 않아…

가쓰오부시 가발을

씌워줄까?

쓰윽…

머리카락 완료!

갈릭소스로

갈색으로

염색 해보자!

완벽해!

채소 만드는 법

손우리

큰 통에
갈색 흙을 넣고

알록달록
씨앗 넣어서
물을 뿌린다.

이제 며칠
기다리면

맛있는 채소
완성!

음식들의 여행

유휘선

배추가

소금목욕탕에서

씻고,

빨간 옷 입고

투어 갔어요!

순대는

소금내복 입고

초장옷 입고

투어 갔어요!

떡볶이는

빨간 옷 입고

여행갔어요!

면 가족은

검은 옷 입고,

완두콩 목걸이

하고 여행 갔어요!

다 어디로 갔냐구요?

제 뱃속으로요!

사과

손우리

빨간 사과네!

- 아니야 사과는

노란 색이야

이렇게 반으로 자르면, 짜잔!

- 아하!

부글 부글
친구
나
들

콜라

유휘선

내 기분은
콜라다.

친구들,
사람들이
조금 건들면

빵!
터진다.

나중에는
건들어도
참는
물이 될거야.

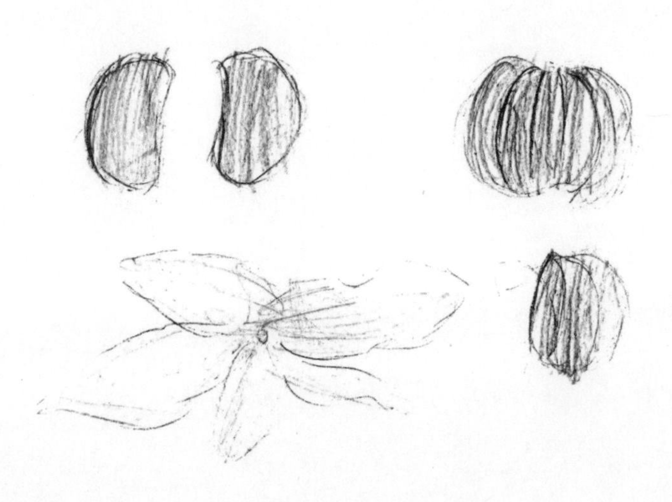

10 쌍둥이

손우리

"허걱. 똑같은
10명이야"

"완벽히 똑같아"

"야, 귤 보고 뭐하냐?"

내가 먹고 싶었던건 달디단 붕어빵

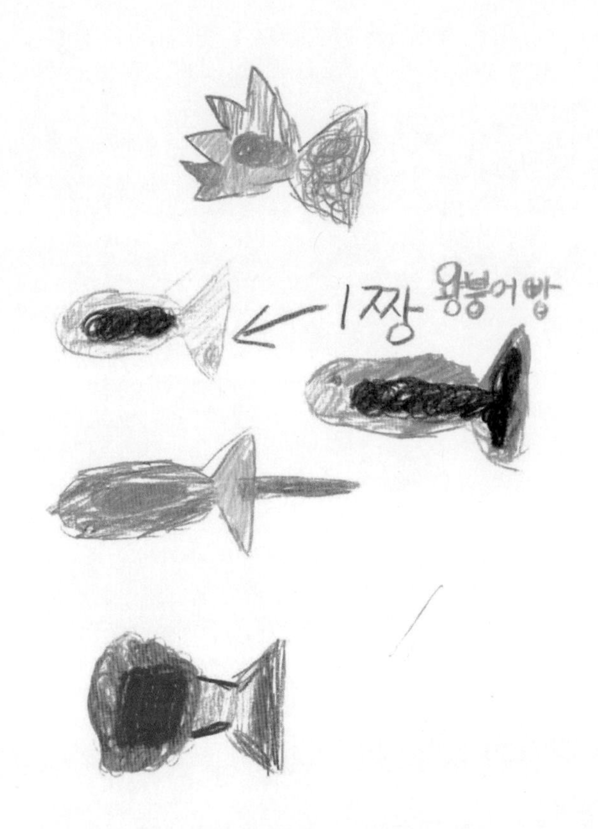

붕어빵

김성훈

붕어빵은
왜 겨울에만 먹을까?

봄에는 벚꽃 붕어빵
여름에는 아이스크림 붕어빵
가을에는 단풍 붕어빵이
있으면 좋겠다.

그러면 1년 내내
먹을텐데…

그래도 난
팥 붕어빵이 가장 좋다.

4부

나무야 힘내!

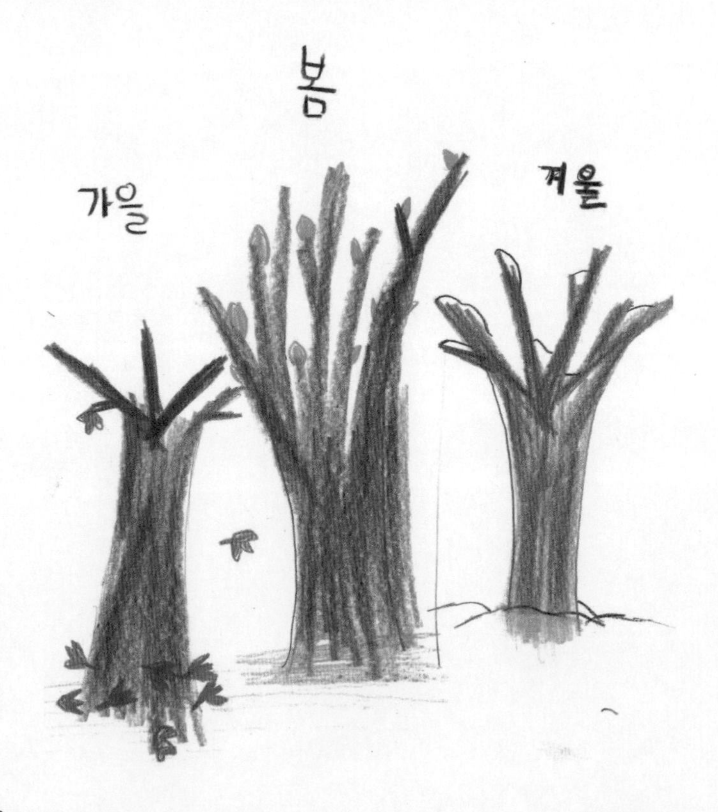
봄
가을
겨울

나무

김수현

가을이 끝나면
떨어진 낙엽

그 위로
소복소복
하얀 눈이 쌓이면

추운 겨울이 올 걸 알고
남은 잎사귀까지
떨어뜨리고

다음 잎사귀를
준비한다

나무야 힘내

가을 나무

손우리

이제 가을이네

어! 나뭇잎이
엄청 떨어져 있네

나무도 탈모 왔나 보네

나무야 힘내!

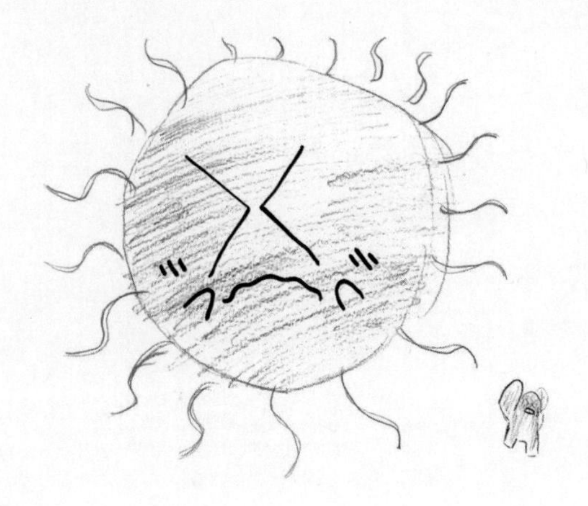

해

박수찬

해는 항상 부끄러운가 보다
사람들이 보지 못하게
빛을 내는 것 같다

사람이 보면
뜨거워서
오지 못하게 하려는 것 같다.

나무의 이름

최승민

봄에는
분홍빛 벚꽃

여름에는
그늘이 되는 나무

가을에는
새빨간 단풍나무

겨울에는
눈에 뒤덮혀 하얀 나무

사계절 우리학교
벚나무

사랑아 부디 잘있길 바란다.
SOLO가 최고야
나는
SOLO

소나기

김성훈

소나기는 너무 짧다

내렸다가 가버리고

가버린 줄 알았는데
다시 내려오고

꽃처럼 꽃피는 계절이
내려오고 가버리고

마치 기회처럼
기회가 왔는데 떠나버리고

사랑의 기회는 짧게 가버리고
솔로의 기회는 왜 길지?

사용중
나

네잎클로버

유휘선

초록색
네잎클로버

행운의 상징

나도
초록옷 입고

팔다리에
초록양말 신으면

복 들어오는
인간 네잎클로버

나
내가
더 무서워...ㅠ

바선생

유휘선

바퀴벌레가

나타났다

침대 위로

대피했지만

금방 따라왔다.

너무 흉측하다.

사람 살려!

바퀴벌레 : "내가 더 무서운데…"

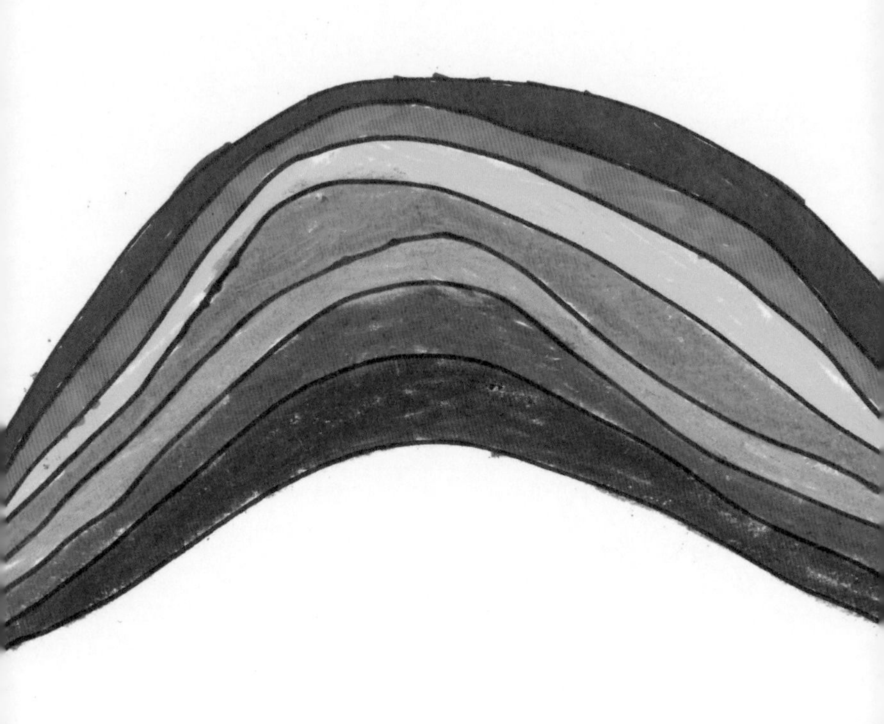

우리반도...?

무지개

비풀리스 이안 알렉산더

무지개는
여러 가지 색들이 합체하는
예쁜 무지개다

그런 예쁜 색들이
함께 빛을 내니까
더 예쁜 것이다

우리가 무지개가 되면
얼마나 예쁠까?

우리 반의 여러 색들이 만나
무지개가 될 수 있을까?

비가 그치면 알게 되겠지

우리 학교의 물까치

김수현

우리 학교에는
다양한 새가 산다

그중 물까치는
우리 학교 버들 나무에서
은행 나무로 소나무로
왔다 갔다

어여쁜 소리로
우리를 기쁘게 하는 새

물까치
우리학교에 있어 고마워!

구름 낀 날

유휘선

구름이
하늘을 덮은 날

추워서

태양도
구름 패딩 입은 날

해 없어서 나도
패딩으로
가린 날

유튜브,

그는 신이다

나는
최고야!

유튜브

비풀리스 이안 알렉산더

유튜브는

사람들에게

재미를 준다

개그를 줘서

웃음을 주고

여러 가지 팁을 줘서

도움을 주고

유행도 줘서

인싸력도 준다

유튜브,

그는 신이다

진순
나
엄마
같이 혼나게

같이

유휘선

혼자보다
같이

백지장도
맞들면
낫다

역시
혼자
혼나는 것보다

동생이랑
같이
혼나는 게 낫다

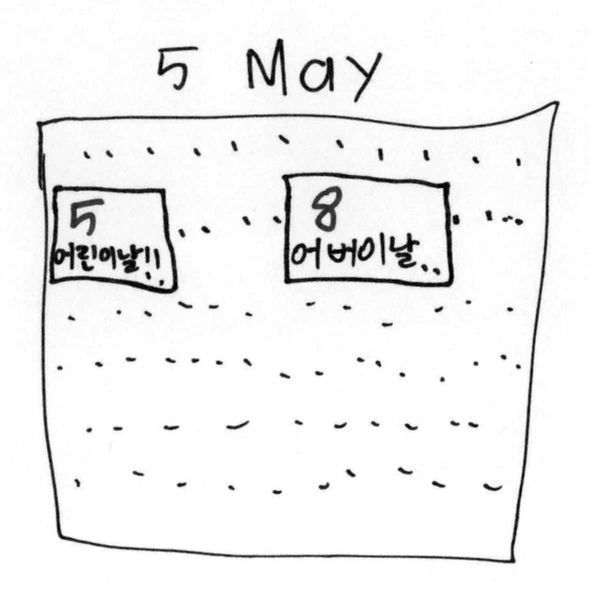
5 May
5
어린이날!!
8
어버이날..

어린이날

비풀리스 이안 알렉산더

어린이날은

행복하다

어린이날이 되면

선물을 받을 수 있다

하지만 3일 뒤에

어버이날이다.

나의 롤모델은
무조건 가족!!

보석

비풀리스 이안 알렉산더

보석은 아름답다.
마치 우리 가족처럼 아름답다.

나는 보석처럼
아름다운 사람이 되고 싶다.

나의 롤모델은
보석같이 아름다운
나의 가족들이다.

택배

김연우

난 항상
택배 아저씨를
기다린다.

택배 아저씨
언제 오시나요?

전 항상
택배 아저씨를
기다리는데

아저씨는 오기 싫으시겠죠?

전 아저씨가

도착했다는

문자를 보내면

너무 신나요!

안전하게

택배 보내주셔서 감사해요!

꺄아~ 택배다!!

중독

손우리

야, 나 중독이 너무 심해

- 뭔데

게임중독

- 별거 아니네
- 야, 나는 게임중독
- 유튜브 중독
- 마라탕 중독
- 탕후루 중독

야, 넌 너무 심하다

이발사
꺆

이발소

유휘선

오늘도 줄이 많다

이발사님이
나를 부르셨다

만원 챙기고
자리에 앉는다

위이이잉
머리카락은
비명을 지른다

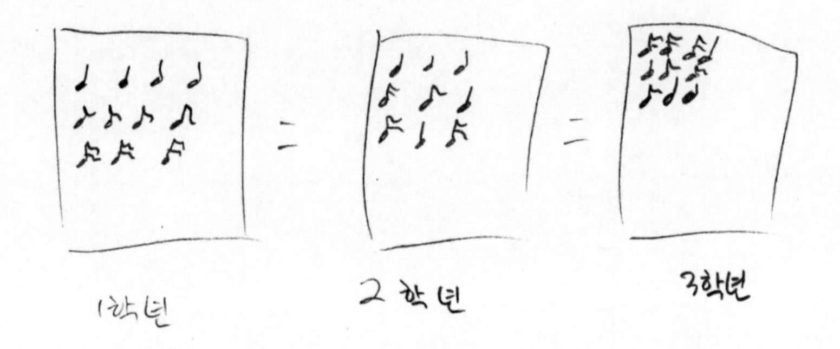
1학년
2 학년
3학년

재능

손우리

야 너 피아노 잘 친다
재능 있구나!

- 야 나… 1학년부터
지금까지 친 게 이 거야.

아…그…래?

Hp 1000
XP 1000/10000

게임중독

주민준

게임 내 인생의 85%
게임할 땐 몸이 안움직인다.

공부시키면
검잔상이 주변을 돌고 돈다

시험을 보면
게임아이템을 사려고 집중하지만
사도 사도 부족한 것 같다

게임은 재밌지만
매번 재밌진 않다

강아지가
나 기절시켰어...
아니 뭔
이상한 소리를
하고 있어!!

약속 잡은 날

비플리스 이안 알렉산더

약속 잡은 날,
꼭 늦잠을 잔다.

부재중 전화만 10통…
큰 일 났다.

빨리 옷을 입고
집밖으로 나간다.

나는 애들한테
변명으로

우리집 강아지 루카와 루나가
나를 때려
기절했다고 말했다.

더 혼났다…

yes
NO
이번엔잘흔들었다.

시

김성훈

시는 아름답지만
그만큼 어렵다.

저번 시소풍때도
선생님의 마음을
잘 흔들지 못했다.

난 언젠간 잘쓸까?
이번 시는
선생님의 마음을 흔들 것이다.

소리

유휘선

가을 같아

창문을 여니

애들이 노는 소리

개가

짖는 소리

오토바이가

오가는 소리

길이 막혀

빵빵대는 소리

비행기 나는 소리

이 세상이 들린다

*기록적인 폭염으로 9월 중순까지 더위에 시달렸던 날들이 가고
창문을 열게 된 날 쓴 시

가장 단단한 돌

유휘선

가장 단단한
돌 대회에

탑5가
발표됐다.

탑5는
벽돌입니다!!
탑4는
담벼락 돌 입니다!!
탑3는
종유석 입니다!!
탑2는
강화돌 입니다!!

대망의

탑1은…

내 동생 머리입니다!!!

마지막 은 기쁠때도 있고
나쁠때도 있는것이다.

마지막

김성훈

오늘은 내 일기의 마지막이다

일기가 마지막 일 때가
제일로 좋다

언젠가 내 인생의
마지막이 될 수도 있겠다.

항상 마지막은
제일로 신날 때도 있고

신나지 않는
마지막이 있을 수도 있겠다.

류충돌 방지 캠페인
가 득 한
따 뜻 한
Map Project

"새를 구한 어린이들"

이 시집에 있는 글을 쓴 어린이들은 '물까치 구조대'로 활동하며 투명유리창에 부딪혀 죽는 새들을 기록하고 이를 예방 및 저감하기 위해 조례안을 만들어 통과시켰습니다.

어린이들이 2년 동안 20차례 도로에 나가 모니터링을 진행하며 기록한 생명들은 다음과 같습니다.

꿩 되지빠귀 딱새 말똥가리 멧비둘기 박새 새매 참매
붉은머리오목눈이 물까치 물총새 박새 상모솔새 참새

14종 108명(목숨 명命)의 생명을 기록함.

이 책을 쓴 작가님들과 독자님들 모두 작은 존재들의 목소리에 귀를 기울이며 살아가는 마법같은 삶을 살아가기를 바랍니다.

마음 텀블러

1판 1쇄 | 2025년 1월 10일

지은이 | 김성훈, 김수현, 김연우, 노수현, 박수찬,
비풀리스 이안 알렉산더, 손우리, 유휘선, 주민준, 최승민
엮은이 | 유새영
디자인 | 파종모종
기획/제작 | 책가방(어린이책이 가득한 방)
전자우편 | freecliff@naver.com
인스타그램 | instagram.com/superbookbag

펴낸곳 | 인디펍
출판등록 | 2019년 1월 28일 제2019-8호
주소 | 61180 광주광역시 북구 용주로 40번길 7 (용봉동)
전자우편 | cs@indiepub.kr
대표전화 | 070-8848-8004
팩스 | 0303-3444-7982

ISBN 979-11-6756-654-6 03810
정가 10,000원

©노안남초등학교 6학년 1반, 유새영 2024

*이 책은 2024년 노안남초등학교 6학년 어린이들이 2년 동안 쓴 시를 엮은 것으로
수익금 중 일부는 어린이들의 미래를 위해 기부됩니다.

*이 책은 저작권법에 따라 보호받는 저작물이므로 무단 전재와 복제를 금합니다.

*이 도서의 국립중앙도서관 출판예정도서목록(CIP)은 서지정보유통지원시스템 홈페이지
(http://seoji.nl.go.kr)와 국가자료종합목록 구축시스템(http://kolis-net.nl.go.kr)에서
이용하실 수 있습니다. (CIP제어번호 : CIP2019052157)